노트북 연서戀書

한 국 대 표
명   시   선
1   0   0

김 후 란

노트북 연서戀書

시인생각

내면공간이 넓은 시심詩心으로

　시인은 문학적 미학으로 생명의 소중함을 노래하는 사람이다. 시인은 문자로 시의 집을 짓고 그 집에 들어선 사람 누구나 따뜻이 영접하여 함께 공감지대에 머문다. 한 편의 시를 읽는 독자에게 또 다른 경험을 공유하는 신선한 충족감을 안겨주고 싶다.

　그래서 인간생활에 이해의 길을 터가고 자유로운 정신세계가 열린다. 일상의 눈으로는 보지 못하던 것, 깨닫지 못했던 것을 시인의 감성과 상상력으로 재창출된 세계에 동참함으로써 새로운 아침을 맞이하게 되는 것이다.

　이 세상에 영원한 것은 없다. 그 유한성 때문에 더욱 아름답고 절실한 만남이 있고 애절한 이별이 있는 것이다. 시인은 사라지는 모든 것, 모든 가치를 소중한 하나의 생명으로 가슴에 보듬는 사람이다.

　나는 시의 깊이를 원한다. 내면공간이 넓은 시심詩心으로 살고자 한다. 현란한 표현이나 자극적인 말의 조합을 경계하면서 고요하고도 감각적인 아름다움, 세월이 침적된 동경銅鏡이나 진주처럼 내부에 깊은 숨결을 간직하고 은은히 빛을 발하는 생명력을 갖게 하고 싶다. 그리고 '시를 읽자, 시를 먹자, 가슴에 시를 꽃피우자'고 주장하면서 시를 사랑하는 공감자들을 기리며 산다.

세월과 함께 실감 있게 회고되는 게 있다. 젊음은 축복이라는 사실, 그러나 연륜과 함께 축적된 삶의 의미는 더욱 값지다는 사실. 눈부신 햇살을 끌어안았던 젊은 시절의 신선한 도전의식은 시인으로서의 나의 삶을 탄력감 있게 했으나 그 보석같이 반짝이던 시간들은 때로 위험한 도전이기도 했다. 이제 서녁 하늘 분홍빛으로 물든 노을, 해질 무렵의 안온한 이 시간에 진지하게 시를 생각하게 하는 겸허한 심정이야말로 인생의 진실한 보상이라 할 것이다.

문득 눈길을 들어 저 광막한 우주의 크기를 생각하는 마음의 여유를 가진다. 그에 대비되는 너무나도 작은 행성인 지구에 살면서 많은 걸 생각하고 감격해 하는 것도 솔직한 심정이다. 그래서 이 지구는 우리에게 더욱 크고 소중하고 같은 민족 한 가족으로 만난 남다른 인연에 대해서도 진정으로 고마워하게 된다.

나는 시인으로서의 삶에 기쁨으로 한 획의 밑줄을 그으면서 돌이켜 50편의 시를 골라보았다.
　이 시선집에 담긴 차례는 근년의 작품들을 앞쪽에 놓고 점차로 문단 등단 초기의 젊은 시절에 쓴 작품들을 만나는 순으로 실었다. 50편 시선집을 준비하면서 스스로 나의 문학 활동 반세기의 성과물을 차분히 돌아볼 기회를 갖게 해준 이근배 편집주간과 관계자들께 고마운 마음을 전한다.

2012년 겨울
김 후 란

■ 차 례 ──────────── 노트북 연서戀書

시인의 말

2

1

가족

거치른 밤
매운바람의 지문이
유리창에 가득하다
오늘도 세상의 알프스산에서
얼음꽃을 먹고
무너진 돌담길을 고쳐 쌓으며
힘겨웠던 사람들
그러나 돌아갈 곳이 있다
비탈길에 작은 풀꽃이
줄지어 피어 있다
멀리서
가까이서
돌아올 가족의 발자국 소리가
피아니시모로 울릴 때
집안에 감도는 훈기
기다리는 사람이 있다

따뜻한 가족

하루해가 저무는 시간
고요함의 진정성에 기대어
오늘의 닻을 내려놓는다
땀에 젖은 옷을 벗을 때
밤하늘의 별들이 내 곁으로 다가와
벗이 되고 가족이 된다
우연이라기엔 너무 절실한 인연
마음 놓고 속내를 나눌 사람
그 소박한 손을 끌어안는다
별들의 속삭임이 나를 사로잡을 때
어둠을 이겨낸 세상은 다시 열려
나는 외롭지 않다
언젠가는 만날 것으로 믿었던
그대들 모두 은하銀河로 모여들어
이 밤은 우리 따뜻한 가족이다

존재의 빛

새벽별을 지켜본다

사람들아
서로 기댈 어깨가 그립구나

적막한 이 시간
깨끗한 돌계단 틈에
어쩌다 작은 풀꽃
놀라움이듯

하나의 목숨
존재의 빛
모든 생의 몸짓이 소중하구나

꽃의 눈물

누구 가슴 딛고 피어난
꽃들이기에
저리 애잔한 숨결이런가

가는 곳마다
지천으로 피어 있는 꽃들이
눈부셔라
너무 고와 슬퍼라

여린 빛깔로 형체를 그리며
말 없는 말로
노래를 하며

누구 가슴에 피었다 지는
꽃들이기에
한 송이 한 송이
눈물방울이네

소망

생애 끝에 오직 한 번
화사하게 꽃이 피는
대나무처럼

꽃이 지면 깨끗이 눈 감는
대나무처럼

텅 빈 가슴에
그토록 멀리 그대 세워놓고
바람에 부서지는 시간의 모래톱

벼랑 끝에서 모두 날려버려도
곧은 길 한 마음
단 한 번 눈부시게 꽃피는
대나무처럼

은빛 세상에서

안개 짙은 날은
세상이 온통 은빛이다
빗줄기 내려친 흔적마저도
눈을 감고 있다
오늘 나는 손으로 만질 수 없는
진주 목걸이 그대에게 주노니
신기하다 평온한 바람 속에
젖은 얼굴로 다가서서
서로의 눈빛만이 빛난다
고통의 세계는 잠시 침묵
모든 종소리도 그치고
진주 목걸이만이 은은하다
세상이 다시 눈을 뜨고
환상의 안개가 사라질 때까지

밤하늘에

문득 저 아득한 밤하늘에
신비의 눈길 던진다
부드럽게 흐르는 은하계에
수천억 별이 있고
또 그만한 은하계가
우주에 헤아릴 수 없이 많다고 하면
생각할수록 아찔 현기증이 난다
우리는 너무 작은 일에 가슴앓이하면서
자주 사람끼리 상처를 입고
자주 돌부리에 걸려 넘어지지만
그 많은 별 중에 지구상에 태어나
사랑으로 만난 우리
이게 어디 예삿일인가
이게 어디 예사로운 인연인가
나에겐 그대가 필요하다
시詩가 된 그대
별들이 눈부시다

시詩의 집

어느 때부터인가 연필이
좋아졌다
백지에 언어의 집을 짓는다
짓다가 잘못 세운 기둥을 빼내어
다시 받쳐놓고
저엉 성에 안 차면
서까래도 바꾼다
그렇게 연필로 세운 집
고치고 다듬고 다시 일으켜 세우는
잠들지 못하게 눈 비비게 하는
연필로 집 짓는 일이 좋았다
작은 기와집 한 채
섬돌 반듯하게 자리 잡아주고
흙 묻은 고무신 깨끗이 씻어 놓고

그 섬에 가고 싶다

그 섬은 어디에 있을까
파도의 옷자락 날리며
물보라 일으키며
잠길 듯 잠길 듯 바다를 헤쳐 간

수천수만 개의 거울이
햇빛에 부서지고
다시 눈부시게 일어서는
파도에 밀리며
그 섬은 먼바다 어디에 있을까

눈밭에 서 있는 나무

밤새 눈이 내린
그 이튿날
눈밭에 발을 담근 겨울나무
여럿이서 혼자서
세상을 응시하는 철학자 되어
장엄한 침묵 속에 서 있다
모차르트의 구도자의 저녁기도가 흐르고
추운 겨울나무에겐
길게 흘러내린 그림자뿐
말없이 내게 기댄 그대처럼

2

의자를 보면 앉고 싶다
― 빈 의자 1

의자를 보면 앉고 싶다
누군가를 기다리는
빈 의자
살아있음을 증거하듯
바람이 쉬어가는 그 품에
삶의 무게를
내려놓고 싶다

눈 덮인 언덕에서
— 빈 의자 2

눈 덮인 언덕길을 걸었다
아무도 밟지 않은 길
힘겨울 때면 잡아주는
보이지 않는 손이 있었다
훈훈한 바람이
목에 감겨든다
앉을 자리를 둘러본다
뚜벅뚜벅 걸어온 발자국이
나를 쳐다보고 있다

마음의 고리
― 빈 의자 3

사라져 가는 것의 작은 흔적도
다시없이 귀한 눈물이다
내 가슴을 딛고 가는 어떤 형상이
떠난다 해도
그 울림이 영원으로 이어진다
지구를 박차고 날아오른 새떼
하늘 아득히 물무늬 지듯
법정 스님의 나무쪽 이어붙인 의자도
삼천 년 전 투탕카멘의 황금의자도
침묵하며 칼바람 소리
스르릉 허공에 획을 그으며
마음의 고리를 이어간다

시인의 가슴에 심은 나무는

시인의 가슴에
심은 나무는
산수유마을에선
노란 산수유꽃으로 피고
매화마을에서는
뽀얀 매화꽃으로 피네

허공 가로질러 날아가던 새가
잠시 아주 잠시
깃을 접고 쉬어가고
피어있는 잎사귀마다
그리운 이름이
적혀있는 나무

시인들은 저마다
다른 나무를 키우면서
저마다 잘생긴 나무로 키우면서

밤이 깊어지면
나무 한 그루씩
품어 안고
길을 떠나네
맨발로 먼 길을 떠나네

종소리

오늘 떠나보낸
이 종소리가
그대 가슴에 안기기까지
얼마나 걸릴까

서로를 원하면서도
서로를 지나쳐
어딘지 모를 곳으로 간다면
산 너머 나무숲에 잠겨버린다면

미래는 이미
활을 떠난 화살

함께 물에 들어가도
젖지 않는 그림자처럼
종소리 나를 끌고
떨리는 목소리로
그대 가슴에 묻힐 수 있다면

황홀한 새

처음으로 세상이 열릴 때처럼
광막한 하늘이 어둠을 찢고
눈부신 빛이 쏟아졌다
생명은 그렇게 뻗어갔다

발끝에서부터 오묘한 핏줄이
온몸 온 세상을 휘감았다
내 삶은 그렇게 뻗어갔다

때로 수레 끄는 어깨가 아팠다
침묵의 나무뿌리 깊지만
뜨거운 불길의 가슴 있어
열정의 노래 부르다가
그분의 큰 손길 따라
저 하늘로 날아오르는 것
황홀한 새가 되는 것

빛으로 향기로

알고 싶어라 존재의 실상이
어디로 사라지는지
저기 밤하늘을 꽉 채운 별무리들
태양보다 더 밝은 별조차
부서져 블랙홀에 빨려 들어간다지

생성과 소멸의 화두話頭는
영원한 비밀이다
광막한 우주에 외로운 지구
그러나 우리에겐 너무나도 큰 세계
풍요와 기근, 전쟁과 평화가 파도치면서
생명의 결곡한 의지가 일어서고
정서의 고리로 이어지면서

새벽의 청정한 새 기운으로
이 땅에 활기찬 설계도를 그려간다
빛으로 향기로 바람으로
생명 이끄는 힘
꿈이 있는 성숙의 빛을 내뿜는

우리의 길이 보인다
무리져 피어 있는 꽃길

수묵화 水墨畵

화선지 흰 가슴에
먹물 먹은 붓이
내리꽂히는 순간
산과 강이 몸을 떤다

고요하기론
세상이 정지한 듯도 하다만

산 너머 또 산 너머
메아리지는 울림이 있고
누군가의 뒷모습이
등성이 굽이돌아 사라지고

바람 한 점 스쳐가는
크고도 깊은 세계
잠긴 듯 떠오른다

섬진강 갈대밭

이른 봄
부드러운 섬진강 허리께
젖은 갯벌에

어느 꽃으로도
다 못 피운 마음속 이야기
갈대숲으로 우거져
바람 안고 울어

같은 쪽 같은 하늘
바라보며
아무도 보지 않는 밤
달빛에 쓰러져
은은히 흐느껴

환歡

사랑이 어둠 속에서
예지叡智의 눈을 떴을 때
여인은 불이 되어 소생하였다
세계가 잠든 이 시각
홀로 흔들어 깨우는 손

처음으로 지순한 눈을 들어
거울 앞에 앉는다
정적靜寂은 부서지고
두려운 듯 화사한 몸짓
여린 숨결에 하르르 떠는 불꽃이
수정水晶인 양 빛나며
오색영롱한 명주 올
현란한 비단으로 몸을 가린다

누가 부르는가
거울은 요정을 안고 있다
사랑에 눈뜬 요정

불의 화신이다
대지는 생명의 불을 켜고
빛으로 깎아 세운 조상彫像이
환상의 발을 들면
솔가지 타듯 활활 타오르는
부딪치는 영혼들
바람도 어우러져 푸른 교향시
가슴마다 청렬淸冽한 기쁨이 넘친다

시샘하는 빗발로도
꺼지지 않는 불
거치른 밤
파도치는 바닷가에 누워서
파도치는 검은 바닷바람에
불의 육체를
불의 영혼을 던지고
오, 참회할 수밖에 없는 이 멸도滅度의 어여쁨! 환歡!
살갗을 태우는 촉심燭心의 열기熱氣!

〈이제야 알겠습니다
사랑하는 죗값으로 죽어야 한다면
불로써 불을 끄고 죽어지이다
이승의 만남이 운명일진대
속박의 비단으로 휘어 감긴 작은 목숨
너와 더불어 떠나갈 배에
기꺼이 오르겠습니다〉

사랑이 깊어가면
번뇌를 낳는가
서글픈 이 갈증을 어이하나
장미꽃으로 뒤덮인 침상에
그대 눕혀놓고
꽃 속에 숨은 이름
그대 찾아 진종일 헤매네
향기에 취해서 날이 저물고
손끝에 찔린 상처
눈물뿐이네
아 무서운 집념이
너를 안고 너를 찾는다

미명의 아침이 열릴 때면
허공에 빈 가슴
빨래처럼 내어걸고
기다림은 절망의 피를 토한다
끝 모를 탐욕의 손끝으로
산다는 것의 미망의 언저리를
더듬고 더듬어
마침내 정박할 항구는 어디인가

사랑하는 사람의
우주 안에서 사랑하는 이의
형벌의 땀내 배인
속적삼을 걸치고
이 세상에서 제일로 행복한
여인아 여인아 여인아

새날이 밝고 있다
소진하여 해맑은
눈물 하나로 족하느니라
세속의 거울을 깨고

맨발로 뛰쳐나와
다디단
영원한 잠 속에 묻혀라

3

새벽, 창을 열다

어둑새벽 창을 열다
쏘는 듯 신선한 바람
부드러운 햇살
깨끗한 눈 뜨임에 감사하며
오늘도 하루가 시작된다

고요함 속으로 걸어오는
발자국 소리
존재하지 않는 소리가
태어나고
힘 있게 일어서는 생명의 빛

길 없는 길 열어가는
새떼처럼
나도 이 아침 날개를 펴다

도전과 극복이다
큰 세계가 있다
미래의 만남을 향하여
날자 크게 크게 날자

노트북 연서戀書

허공에 떠도는
언어의 축제
클릭한다
침묵의 대화로
사랑을 나눈다
목이 마르다
네 목소리가 듣고 싶다
젖은 글씨로 쓴
편지를 받고 싶다
살아있는 연인이고 싶다

연필로 쓰기

부드러운 연필로
그 이름 써본다

지우개로 지우고
쓰고 또 쓰고

인생도
다시 살 수 있다면

나무향기 그윽한 연필로
쓰고 싶은 이름
쓰고 또 쓰듯이

숲 속 오솔길

숲 속 오솔길
걸어가면
떠나간 그대 그리워라

저 새소리 바람 소리에
보고 싶은 얼굴
허공에 일렁이네

낙엽이 누워
결 삭은 흙냄새
상처 입은 날들이
삭아내리고

우리 손잡고 걷던 그 길
흘러간 시간은
돌아오지 않네

바람고리

그건 다만 흐름일 뿐
어느 기슭에 스쳐가는
노래일 뿐

떠난다는 건 슬프다
잠든 이의 평온함이
고요히 가라앉은 목소리로
허공에 사무친다

그러나 남기고 가는 것이 있다
이어짐에 얽힌 빛이
또 다른 고리가 되어
울림을 가진다

어제와 내일을 이어주는
무한공간의
바람고리

저 불빛 아래

저기 보이는
산기슭
저 불빛 아래 사는 인
누구일까

문득 둘러보면
너무나 많은 이
떠나갔네

먼 길 짧은 생
왜 그리 종종걸음쳐야 하는지

서러운 날
더욱 따사로운 불빛
그리운 얼굴
오, 그리운 그 손

흐린 날

흐린 하늘에
고여 있는
저 눈물 같은 거

화선지 한 장
가슴
어룽지게 하는 거

채송화
꽃잎
숨죽이게 하는 거

천지야 풀어버려라
흘러가는 아침에
멍울졌던 거

세월의 이끼

세월은 이끼를 입고
침묵 속에 자란다

세상 근심 뒤척이며
잠 못 이룰 때
밤사이 가는 빗줄기
소리도 없이 부드럽게 부드럽게
온 세상 촉촉이 적시고

한결 짙어진 이끼
고요함뿐이다

사랑

집을 짓기로 하면
너와 나
둘이 살
작은 집 한 채 짓기로 하면

별의 나라 바라볼
창
꽃나무 심어 가꿀
뜰

있으면 좋고
없어도 좋고

네 눈 속에 빛나는
사랑만 있다면
둘이 손잡고 들어앉을
가슴만 있다면

꽃 한 송이 강물에 던지고 싶다

꽃 한 송이
흐르는 강물에 던지고 싶다
일만 년 전 빙하기 끝나면서
인류의 역사 바뀌듯이
우리 사이에 가로놓인
빙하기 풀고
너의 가슴에 고운 꽃 한 송이
출렁이게 하고 싶다
살아있음을 증거하는
우리의 길
꽃잎 띄운 강물이고 싶다

4

수표교

침묵의 돌다리에
달빛이 내려
정교한 돌을무늬
한결 곱구나

청계천 물 맑던 시절
안존하고 아름답던
서울의 다리

한 해를 무고하게 해 달라고
정월 대보름 아녀자들까지도
달빛 쏟아지는 수표교 밟던 사람들
지금은 그 그림자 모두 잠들고

오늘은 돌다리만 달빛에 젖어 있네
잊혀진 세월 속에

우리 글 한글

보라 우리는
우리의 넋이 담긴
도타운 글자를 가졌다

역사의 물결 위에
나의 가슴에
너는 이렇듯 살아 꿈틀거려
꺼지지 않는 불길로 살고
영원히 살아남는다

조국의 이름으로 너를 부르며
우리말과 생각을 적으니
어느 곳 어느 나무에도
제 빛깔 꽃을 피우고
아람찬 열매를 남긴다

우리글 한글 자랑스런 자산
너 있으므로
아버지를 아버지라 쓰고
어머니를 어머니라 쓰고

하늘과 땅과 물과 풀은
하늘과 땅과 물과 풀로
떳떳이 쓰고 읽고 남길 수 있으니
이 아니 좋으랴
이 아니 좋으랴

비둘기 오리 개나리 미나리
붕어 숭어 여우 호랑이
우리말로 부르고 적고 배우니
그 아니 좋으랴
그 아니 좋으랴

사랑하는 얘기도 마찬가지리
서로를 이해하고 그리워하는 정을
마주 보고 말하듯 가슴에 담긴 대로
꾸밈없이 아름다이 전하고 간직하라

세상에서 제일 어려운 게 중국 한자
그 문자 들여다가 써왔었다
한자로 억지 표기하던

이두문자도 있었다
그러나 그 어느 것도 내 것과는 멀어라
소리 나는 대로 읽고 쓰고 전하는 문자
백성 사랑하는 오직 그 한마음으로
명민한 임금 과감하게 창제하시니

우리 글 한글
고마우셔라 세종대왕

침침한 눈과 귀
안개를 거두고
우리만의 진솔옷 떨쳐입고
바르게 서서 바르게 말하고
바르게 쓰고 바르게 읽으며
우리의 얼을 지키고 가꾸니
의연하여라 솟구치는 힘

배움과 쓰임이
한길 사랑으로 이어지도록
우리는 우리글로 할 말을 적는다

역사의 유장한
흐름 위에

한강 흐르다

푸른 숲 우거진
남산자락에
서울을 안고 도는
한강 흐르다

의기 넘치는 한민족
선비의 품성 그대로
기나긴 역사와 함께
큰 가슴 넓은 옷자락
한강 흐르다

북한강
남한강
힘 있게 합쳐져
백두대간白頭大幹
강인한 산세에 힘입어
오늘도 속 깊이
한강 흐르다

우리의 수도 서울
어머니의 품처럼 정겨운 삶의 터전
예의와 법도를 지키며
심장은 뛰고 미소가 밀물진다
시정詩情 넘치는 백의민족

오늘도 내일도
유유히 흐르는 한강
화해와 긍지의 몸짓으로
서울을 키워간다

독도獨島는 깨어 있다

영원한 아침이여
푸른 바다여
몇억 광년 달려온
빛의 날개가
어둠을 밀어내는 크나큰 힘이 되고
빛을 영접하는 손길이
미래의 문을 연다

시간이 파도치는
동해 짙푸른 물살 속에
우리의 영토 독도가
의연히 뿌리 내리고 있다
독도의 돌, 나무, 풀 한 포기도
어둠 속에 결코 잠들지 않았다

독도는 깨어 있다
아득한 천 년 전 신라 때에도
아니 그 이전부터
독도는 우리 땅이었다
비바람 거센 회오리 밀쳐내며

울릉도와 나란히
조국을 지켜왔다

저 백두산에서 제주 한라산까지
한 흐름으로 내닫는
조국의 맥이 용솟음친다

우리는 독도에 등대를 세우고
불 밝혀 뱃길을 도왔다
한류와 난류가 교차하는 이 수역에
모든 어족魚族이 모여들고
바닷새들이 정다이 인사한다
그 어느 때도 우리는 문패를 바꾸지 않았다

역사는 정직하다 누가 기웃대는가
역사는 증언한다 누가 거역하는가
어리석은 탐욕의 노를 꺾으리
진노하여 바람도 일어서리라

독도, 예리한 눈빛 청청히
오늘도 조국의 수문장守門將 되어
이 땅을 지키는 의로운 사람들과
지켜가리라
천년 세월이 영원으로 이어지게
겨레의 자존으로 지켜가리라

조국

나는
태어날 때부터
너의 것

내 핏줄을 타고
흘러 내뿜는
빛무리

어머니가 지어 입힌 옷처럼
기쁨으로 누려 지키는
조국의 옷자락

을씨년스런 밤
몸살을 앓는 날 같은 때
가파른 언덕
헤매는 숲 그늘에서

문득 힘 있고 진실한
너로 하여
정신의 맑은 샘이 트인다

나무

어딘지 모를 그곳에
언젠가 심은 나무 한 그루
자라고 있다

높은 곳을 지향해 두 팔을 벌린
아름다운 나무
사랑스런 나무
겸허한 나무

어느 날 저 하늘에
물결치다가
잎잎으로 외치는
가슴으로 서 있다가

때가 되면 다 버리고
나이테를
세월의 언어를
안으로 안으로 새겨 넣는
나무

그렇게 자라가는 나무이고 싶다
나도 의연한 나무가 되고 싶다

겨울나무

침묵하는 나무
고집스레 눈을 감고
깊이 생각에 잠긴 그대

빛을 받아 반사하듯
나도 향기로운
한 그루 나무 되어
침묵의 응답을 보내다

휘젓는 바람
창연한 고요 속에
차디찬 달빛 날을 세우다

아무도 봄을 믿지 않는 이 시각에
기다림을 배워준 나무의 인내
봄은 내 가슴 속에
둥지를 틀고 있다

눈의 나라

겨울이면 나는
눈의 나라 시민이 된다
온 세상 눈이 다 이 고장으로 몰린다

고요하라 고요하라
희디 흰 눈처럼
차고도 훈훈한 눈처럼
고요하라는 계율에 순종한다

사랑을 하는 이들은
안개의 푸른 발
이사도라 던컨의 맨발이 되어
부딪치는 불꽃이 되기도 한다

겨울이면 나는 눈의 나라 시민이 되어
유순하게 날개를 접는다
그러나 이따금 불꽃이 되고
허공에서 눈물이
되려 할 때가 있다
슬픔이 담긴 눈송이들끼리

자화상自畵像

바람 불어도
눕지 않는
세엽풍란細葉風蘭

그러나 문득 노을빛에
속눈썹 적시는
정情 많은 노래가슴

유성流星을 바라보며

무심히 바라본 밤하늘에
유성 하나 금을 긋고 사라진다
깊은 어둠 뚫고 가로질러 가는
저 항공기 불빛도 떨고 있다

사람들은 먼 곳으로 여행을 한다
돌아올 것을 기약하고
손을 흔들어 인사를 나누고

허나 오늘 밤 나에겐
신음하며 돌아눕는 이들이 보인다
갈 곳 없는 이들이 서성이고
꺼질 듯 날아다니는
숲 그늘 반딧불이가 보인다

참 많은 사람들이 떠나갔다
밤마다 별을 안고 살면서
나도 모르게 말소리 죽이고
그냥 허전하다

5

생선요리

부엌으로 침입한 바다
도마 위에 바다가 출렁거린다
햇살에 도전하는
갑옷을 벗기고 탁탁
토막을 치기까지엔
진정 얼마간의 용기가 필요하다
세계는 이미 눈을 감고 있다
바다로 내려가는 계단에서
칼날을 물고 늘어지는
하얀 파도

장미 1

너는 포옹할 수가 없다
너는 미워할 수가 없다
너는 꺾어버릴 수가 없다
너는 모르는 체 지나칠 수가 없다
너무도 우아하여
너무도 진실하여
너무도 애틋하여
너무도 영롱하여

장미 2

은장도銀粧刀 빼어 든
여인의 손
파르르 떠는 소매 끝에
사랑, 그 한가락으로
피었다

섬세한 자락
과즙果汁이 묻은 입술

향기로운 눈빛으로
웃고 있네, 태양이 하오
장미 가시에 찔려
온통 미소로 부서지는

장미 3

거울이 부서지듯
환상의 늪이 깨어진 아침
장미는 스스로 지녀온
아픔을 털어버리고
다만 한 송이
순수한 꽃이고자 했다

그 아릿한 입술에
이슬이 묻어
슬프도록 아름다운 시간의
영원함을 묻는
귀여운, 귀여운 얼굴
꽃으로서의 생명은
부질없는 한순간에 져 버려
찢어진 가지 끝에
아쉬운 향기만 진동하느니

장미
그 순수한 기억이여
비단 자락을 끌며
내려선 뜨락에
오늘 너는 새로이
탄생한 것이다

문

그 어디에서도 끝날 수 없는
긴 긴 밤이었습니다
그 무엇으로도 메울 수 없는
크나큰 공간이었습니다

이제 이렇듯 서러울 수 있는 내 영혼은
마지막 구원의 영상 앞에
두 손 모아 엎디었는데
창밖의 숱한 낙엽의 울음소리는
또 어인 일이오니까

이 한밤 이리도 몸부림치는
머리 갈기갈기 산발한 갈대
뒷산 부엉이도 목이 쉬었고
메아리도 어이 돌아오지 않는데

모든 것이 오늘로 끝나고 또 오늘로 시작됨을
진정 믿어서 옳으리이까

꼬박 드새운 참회의 밤은
훤하게 열려오는 아침과 더불어
영원으로 통하는 문을 이루고

그 문을 향하여
머리 곱게 빗은 나
맨발로 몇백 년이고 걸어가오리다

어머니

당신의 이름은 엄마
나 어릴 때부터 불러왔고
긴 세월 돌이키는 이 나이에도
당신은 그냥 우리 엄마

다른 이름을 생각해 봅니다
당신께선 저에게
언제나 믿음이셨으니
세상에서 제일 큰 산이십니다

당신께선 깊은 가슴
빛나는 물결이시니
세상에서 제일 큰 바다십니다

그러나 그중에도 기쁨인 것은
어디서나 애야 부르시던 목소리
다정하고 온화한 그 목소리

아, 이 세상 온갖 뒤척임 속에서
나의 앞에
나의 뒤에
눈비 가려주시던

오직 한 분뿐인 내 어머니
영원히 당신을
엄마라 부릅니다

불국사의 석탑

천년 도읍 유서 깊은
서라벌 하늘 아래
들리는 새 소리 목탁 소리
나도 모르게 이끌려
불국사 뜰에 서다

아, 저 어깨 넓은 석가탑 앞에
유려한 다보탑 아름다워라

맑은 옥 찬 바람에
긴 머리채 흘려 빗고
지금 막 일어선 여인같이
부드러운 어깨 물기 어리어
속 깊은 빛을 내뿜는다

사랑의 말 눈빛으로 나누며
영원한 한 쌍으로 서 있는
살아있는 석탑

너를 반기며

안개꽃
흩날릴 때
솜털 묻히고 다가온
나의 사랑아

이 세상 밝은 아침
그 조그만 발로
이 세상 험한 언덕
그 조그만 발로

그날
나는 비단이불
은수저도 마련해놓고

기현 승현
유빈 정한
채빈 주한
이 세상 크게 크게
아름답게 그려가라고

새 생명

생이 지루할 때쯤
새 생명 태어나
웃음꽃 피듯

저 나뭇가지에
연초록빛 잎사귀들
철 따라 눈빛을 바꾸노니

살아가는 재미는
이어짐에 있구나

천근 무게로도
폭풍 속 바다에 떠가는 배처럼
보이지 않는 손
받쳐주는 힘

어느 여름날

은혜로움 가득한
첫여름 새벽
눈 뜨는 것 모두가
새로운 몸짓이네

이승과 저승이
한 잎 물 위에 뜬
연잎처럼 가까운데

물 위에 펼쳐진
저 하늘만큼
큰 가슴이기를 빌며
고요히 눈 감고
삶의 언덕을 보네

비틀거림 없이
물밑도 보고 싶네

풀잎에 맺힌 이슬

그윽이 내뿜는
향기 그리고 빛

바람은 풀잎을 눕히고
소리 없이 일어서는 풀잎

풀잎은 온몸으로
풀빛 그림을 그린다

그러나 다 그릴 수 없는
이 세상 이야기에

병 든 이 괴로운 이
슬픈 이들 말없이 눈물짓듯

풀잎에 맺힌 이슬로
하늘에 공양한다

너의 빛이 되고 싶다

빛나는 게 어디 햇살뿐이랴

침묵의 얼음 밑에 흐르는 물
저 벗은 나무에도
노래가 꿈틀거리듯

보이지 않는 곳 어디에서나
생명은 모두
제 몫의 아름다움으로 빛난다

빛나는 건 어딘가로 번져가는 것
무지개 환상 펼쳐가는 것

어둔 마음 열어 주려
가슴에 흰 깃 눈부시게 날아든
까치처럼

나도 기쁜 소식 전해주는
너의 빛이 되고 싶다
이 아침에

김후란 연보

1934년 서울에서 태어남. 김해 김씨 김기식金琪植, 전주 서씨 서문길徐文姞 양친 슬하의 3녀 4남 중 셋째 딸. 본명 김형덕金炯德.

1947년 서울교동국민학교 재학 중 공무원인 아버지의 전근으로 부산으로 이사, 부산사범학교를 졸업하고 서울대학교 사범대학 중퇴. 후에 명예 졸업장을 받음.

1952년 부산사범학교 재학 때 교내백일장에서 장원을 하고 문예반원 4인 시집 『푸른 꿈』 발간. 작곡가 금수현 엮음 『새 음악교본』에 보헤미아 민요곡에 김형덕 작시 「저녁종」이 실림.

1954년 경향신문사 주최 대학생 문예작품 공모에서 단편소설 「고아孤兒」 당선.

1955년 대학에서의 은사 김남조金南祚 시인은 그 후 가톨릭 영세 받을 때 대모가 되어주심.

1956년 한국일보 문화부 기자로 언론계 출발, 이후 23년간 언론계에서 기자 및 논설위원을 지냄.

1958년 서울대 사대 선배인 김아金雅와 결혼 기현起炫 승현承炫 두 아들을 둠.

1960년 월간 <현대문학> 지에서 신석초申石艸시인에게 3회 추천(詩 「오늘을 위한 노래」 「문」 「달팽이」) 마치고 문단 등단.

1963년 여성시인 7인 김선영 김숙자 김혜숙 김후란 박영숙 추영수 허영자 시인과 함께 청미동인회靑眉同人會를 창립하여 동인지 『돌과 사랑』과 『청미』를 35년간 발간함. 도중에 김여정 이경희 임성숙 시인을 동인으로 영입하고 청미시화전, 시낭송회, 독자와의 대화 등 한국문학사에 남을 최장수 동인회로 활동을 전개해왔으며, 2013년 봄 발간 예정의 청미동인회 창립50주년 기념문집을 편집.

1967년 서울신문 문화부 차장 때 월남전선 1개월간 종군 취재.

1983년 국가여성정책연구기관인 한국여성개발원韓國女性開發院에서 창립 부원장과 제2대 원장을 지냄. 이후 여성정책심의위원 · 정부공직자윤리위원회 위원 · 한국방송광고공사 공익자금관리위원장 · 문화관광부 민방설립 자문위원장 · 문화방송 이사 · 최은희崔恩喜여기자상 심사위원장 · 성숙한사회가꾸기모임 공동대표 · 생명의숲 이사장 등 역임.

1996년 문학의 해에 3·1절 기념행사 문인 100명 독도獨島 방문단 대표로 시詩 「독도는 깨어있다」를 써서 낭송함.

2001년 10월 26일 사단법인 '자연을 사랑하는 문학의 집·서울'을 창립, 초대 이사장으로 취임하여 현재 우리 사회에 문학정신의 확산 도모에 힘씀.

2012년 현재 예술원회원 · 한국문인협회 · 국제PEN클럽 한
국본부 · 한국시인협회 고문. 한국문학관협회 회장.
자연을 사랑하는 문학의 집·서울 이사장.

著書   시집 『粧刀와 薔薇』(1968) 『音階』(1971) 『어떤 波
濤』(1976) 『눈의 나라 시민이 되어』(1982) 『숲이
이야기를 시작하는 이 시각에』(1990) 『서울의 새벽』
(1994) 『憂愁의 바람』(1994) 『세종대왕』(敍事詩集
(1997)) 『시인의 가슴에 심은 나무는』(2006) 『따뜻
한 가족』(2009) 『새벽, 창을 열다』(2012) 등 11권
과 수필집 『너로 허여 우는 가슴이 있다』 『영혼의
불을 켜고』 등 다수. 동화로 쓴 소녀기 자서전 『덕
이, 나무도 말을 하겠지?』 등.

受賞   현대문학상 · 월탄문학상 · 한국문학상 · 서울시문화
상 · 펜문학상 · '님'시인상 · 비추미여성 대상 등 수
상. 국민훈장 모란장 수훈.

〖한국대표명시선100〗을 펴내며

　　한국 현대시 100년의 금자탑은 장엄하다. 오랜 역사와 더불어 꽃피워온 얼·말·글의 새벽을 열었고 외세의 침략으로 역경과 수난 속에서도 모국어의 활화산은 더욱 불길을 뿜어 세계문학 속에 한국시의 참모습을 드러내게 되었다.

　　이 나라는 글의 나라였고 이 겨레는 시의 겨레였다. 글로 사직을 지키고 시로 살림하며 노래로 산과 물을 감싸왔다. 오늘 높아져 가는 겨레의 위상과 자존의 바탕에도 모국어의 위대한 용암이 들끓고 있음이다.

　　이제 우리는 이 땅의 시인들이 척박한 시대를 피땀으로 경작해온 풍성한 시의 수확을 먼 미래의 자손들에게까지 누리고 살 양식으로 공급하는 곳간을 여는 일에 나서야 할 때임을 깨닫고 서두르는 것이다.

　　일찍이 만해는 「님의 침묵」으로 빼앗긴 나라를 되찾고 잃어가는 민족정신을 일으켜 세우는 밑거름으로 삼았으며 그 기룸의 뜻은 높은 뫼로 솟아오르고 너른 바다로 뻗어나가고 있다.

　　만해가 시를 최초로 활자화한 것은 옥중시 「무궁화를 심고자」(<개벽> 27호 1922.9)였다. 만해사상실천선양회는 그 아흔 돌을 맞아 만해의 시정신을 기리는 일의 하나로 '한국대표명시선100'을 펴내게 된 것이다.

　　이로써 시인들은 더욱 붓을 가다듬어 후세에 길이 남을 명편들을 낳는 일에 나서게 될 것이고, 이 겨레는 이 크나큰 모국어의 축복을 길이 가슴에 새겨나갈 것이다.

만해사상실천선양회

한국대표명시선100 | 김 후 란

노트북 연서戀書

1판1쇄 발행 2012년 12월 21일
1판2쇄 발행 2016년 12월 21일

지 은 이 김 후 란
뽑 은 이 만해사상실천선양회
펴 낸 이 이 창 섭
펴 낸 곳 시인생각
등 록 번 호 제2012-000007호(2012.7.6)
주   소 고양시 일산동구 호수로 688. A-419호
            ㉾10364
전   화 050-5552-2222
팩   스 (031)812-5121
이 메 일 lkb4000@hanmail.net

값 6,000원

ⓒ 김후란, 2012

ISBN 978-89-98047-16-0 03810